詩集

遺伝子時計

SAITOH *Akinori*

斉藤明典

竹林館

詩集　遺伝子時計　目次

Ⅰ

Ⅲ

詩集　遺伝子時計

I

連れ合いの「バカンス」

連れ合いが入院した
暑い夏のある朝　起きてくると
ひどく汗をかいている
食後しばらくして　様子を見に行くと
かなりしんどそう　腰も痛むと
娘に車で　病院へ連れて行ってもらう

検査の結果は　急性腹部大動脈解離
近くの病院では対応できないので　と
救急車で転院　即　入院
ＨＣＵ（集中治療室）に入っている
大分待たされて　看護師から状況説明
またまた待って　医師による説明

ＣＴ写真などコンピューター画像を見ながら
主治医が絵に描いてくれる
動脈の管は三層になっていて
内と中の層の間に
血液が流れ込んで膨れ
痛みが生じている

まず血圧を安定させないと危険なため
安静にすることが必要
入院はどのくらいに？
危険な状態ですからね
手術は不要ですが　最低二週間は
「我が家の大黒柱が…」

それから　しばらく待って　やっと面会

手を消毒し　マスクをしてＨＣＵに入る
思ったより元気そうだ

「働き者の母さんに
自然の摂理のはからい
夏のバカンス
ゆっくり休養して！」
と言いながら　頭の中で
くるくる回る「食事」「洗濯」…

食事はまあなんとかなるわね―
ドイツに一年半単身赴任したときも
料理はできないし　しなかったが
栄養失調にもならず帰ってきた
家では同居の娘の料理もよく
負担にならないようにして　世話に感謝

掃除と風呂掃除は以前から
ぼくの担当になっているし
洗濯が問題！
洗濯機の動かし方を知らない
連れ合いの選択を見ていると
目にも止まらぬ速さで
いろんなボタンを押している

ミュンヘンにいたときも
洗面室のドラム式洗濯機を
結局一度も動かせなかったが
駐在中に2回来た連れ合いは
ドイツ語はできないのに
家主の奥さんに聞いて
ちゃんと動かしていた！

簡単よ
「電源」入れて「スタート」
あの複雑なのは
風呂の残り湯を
ポンプで汲み上げる
この調整だったのだ

あと　猫のひめちゃんは
小動物の好きな娘の担当
金魚とメダカの餌
花木の水やりはぼくということで
ゆっくり静養して
体重減らして帰ってくるかな

連れ合いの「バカンス」Ⅱ

明日は連れ合いが退院する
心をふくらませていると
堺にいる娘からメールがきた

お父さん　明日はお母さんの退院の日だね
退院祝いに　朝ごはんのとき
ハムエッグを作ってあげて！

連れ合いの入院中
家にいる娘に聞いて
二度作ったこと言ったかな

フライパンに油をひいて

ハムを先にいため
その上にたまごを落とす

ハムと卵の白身が先に焼けて
こげそうになっても
黄身はトローッとしたまま

えーい！　つぶしてしまえ！
スクランブルでもなく
目玉焼きでもない「ハムエッグ」

退院の翌日は土曜日
朝食に作って　一緒に食べ
「バカンス」が一日延びたかな

ぼくの闘病記

昨年暮れ　三週間ほど入院
イレウスと　左鼠径ヘルニアの
手術を受けた　二回に分けて

きっかけは急な胃の激痛だった
近くの内科医院で処方してもらった薬を
飲んでも戻して　苦しんでいる間に
連れ合いと娘が
救急病院を探して
生駒市立病院へ行く

夜間救急の検査・応急処置と翌日の手術
この長時間の付き添い・待機　手術の日

連れ合いには　病院の予約があり
娘は母に付き添うため
有給休暇をとっていたのを
無にしてしまった

手術後　ＩＣＵのベッドで意識が戻ると
快適な気分だった！　が
麻酔が切れてくると痛みが始まった
腹部への点滴と脊椎への注射による痛み止め
看護師がそれを適宜調節してくれるが
１００％は効かない

痛みとの闘い　これが最初の闘病だ
そして　仰向けばかりでは疲れるので
右や左に寝返りをうとうとすると
身体中に取り付けられた

ワイヤーやチューブ類が邪魔をする
この不快感との闘いが二つ目

沢山のワイヤー・チューブ類がとれて
6日目ようやく一般病棟に移る
さ　楽しみのご飯！　最初の二日間は
全くの流動食　重湯と二種類のスープ
ようやく3日目から　箸とスプーンで食べる食に
この頃から三番目の戦いの相手が見えてきた

夜　時の経つのが遅く　脳裏を行き交う思い
重症を負い　幻影の中で迫る敵と戦う
『シラノ・ド・ベルジュラック』！
力尽きたところに来た　片思いのロクサヌが
額に口づけをする　眼を見開いた彼は微笑み
「モン・パナシュ」*とささやき　息が絶える

ぼくは違うぞ　次に浮かんだのは
アインシュタインさん　あなたの方程式は
間違っているのではないですか？
ぼくのところだけ　時間が歪んで
延びているようですが
そんなはずがありません　ほら朝ですよ！

退院だ　短い期間だったが
病院のスタッフに挨拶しながら
感激の気持ちがこみ上げてくる
先生　看護師さん　薬剤師さん　栄養士さん
みんな優しく明るかった　そして
毎日欠かさず来てくれた連れ合いに　感謝

＊モン・パナシュ（仏）…ぼくの羽飾り＝心意気

■入院余禄

詩集『歪んだ時計』が、病院で二冊読んでもらえることになった。入院・手術のため、イベントや会合に参加できなくなるので、メールや電話での連絡にと枕元に置いてあった関西詩人協会の名簿を回診に来た主治医の先生が見つけ、「斉藤さんは詩を書いておられるのですか」と話が進み、連れ合いに翌日詩集をもってきてもらい、さらに看護師がそれを見つけてナースステーションのみんなに声をかけてくれて読んでもらえることになった。

連れ合いの再入院

連れ合いがヘルニアの手術で入院した
娘二人と一緒に病院へ行ったが
医師・看護師の説明の部屋には入れなかった
コロナウイルスのせいで　一人か二人までと
娘二人が母と一緒に聴くことにして
ぼくは待合のロビーで時間を過ごした

娘は〈元・現〉医療関係従事者だし
血の巡りも悪くない方だから
ぼくが聞くよりよく理解できるだろう
と　自分の心を納得させながら
血圧を測ったりして　待つこと一時間半
受付の手続きからは　二時間だ！

翌日　手術は無事終了　付き添いは一人だけ
とのことで　車の運転のできる娘が行く
メールが入る　今グーグー寝ている
麻酔なのか　昨夜眠れなかったためなのか
眼が覚めたら水を飲むようにとの医師の指示
そこまで確かめて帰るからね

「体重を減らして　退院できるか」
「普段の睡眠不足を解消してくるか」
"This is the problem!"　と娘と話していたら
連れ合いからメール　「土曜日退院」！
入院は火曜日・手術は水曜日で…早いね！
先生に話したら　許可が出たとのこと

退院の日　ぼくは初めて

連れ合いの病棟まで上がった
3年前の入院では　毎日来たのだが
夕食　5日ぶりに家族そろって
子持ち鮎の塩焼き　ビールと梅酒で乾杯！
最近できた店のケーキ　とてもおいしく

「まい朝」電話 ――連れ合いの再々入院

「オハヨー！　今日の調子は？」
「まあまあ…」
朝九時が待ち遠しく　電話をかける
コロナウイルスのせいで　面会禁止のため
相部屋だが　ケイタイも少し大目にみてくれる

昨年暮れ連れ合いが　背中が痛むと　入院した
大動脈解離　大分上の方だ　今度は手術が必要
心臓を止めて　血液を全部抜き　人工血管を繋ぐ
本人の脚からとった静脈も入れて
待機すること十時間　夜八時過ぎ無事終了

クリスマスも　年末年始も過ぎ

正月　子どもや孫たち全員集合もとりやめ
一ヵ月半経った　さあ　退院だ！
娘の作ったごちそうに　ワイン　ケーキ
…少し喜び過ぎたかな

一週間ほどして　今度は腰が痛むと　また入院
経過観察の間に　特養にいる母が「看取り」状態に
三月初め　九十八歳半の母は安らかな眠りについた
葬儀のため　外泊許可をとって帰宅した連れ合いは
家の門を入ったところで　転んで腰を強く打つ

通夜には車椅子で出たが　あと痛みがひどく
救急で病院へ戻る　やはり骨折していた
これは別製のコルセットで対処　安静に
三月末　大動脈の下の方の穴をふさぐため
ステントを挿入する手術　今度は二時間余で済む

またせっせと　電話　メール　写メ
足かけ五ヵ月　連休前ようやく退院
ずいぶんスマートになって
持って行った洋服　少しゆるゆる？　夕食は

退院までとっておいたチーズフォンデュ
富雄川沿いの店の　大好きなチーズケーキ
そして　キャンティの赤ワインで　乾杯！

五月祭の思い出

「プーシキン美術館展――旅するフランス風景画」を観て

「五月の木」が田園の一隅に立てられ
その周りに集い　踊り　談笑する人々
パテルが描いたのは２８０年前の貴族たち
聖書や神話・古典文学に創意を求めない
黎明期のフランス近代風景画　というより
上流社会の生活のひとこまだ

五月祭は元々古代ゲルマン民族の祭りだ[1]
キリスト教が古い神々を駆逐したが
人びとの心には残ってずっと続いている
特にカトリックはプロテスタントほど徹底せず

むしろ内に取り込んで共存も図った　そのためか
カーニバルはカトリックの国・地域に多く見られる

ぼくの「マイバオム」[2]は
ミュンヘン郊外の村や街
春の訪れを喜び　豊かな収穫を願い
気取らない人びとが　飲食し　歌い　踊る
日本の春祭りは　山からの神　あるいは氏神さまに
田植えの予祝をし　秋の豊作を願い祈る

マイバオムは単なる棒柱ではなく
美しい飾りが取り付けられている
パン屋　肉屋　靴屋の看板　馬や教会も
日常の生活と心の表現でもある
一番上には丸い輪がぶら下がっている
愛の便り…男と女のシンボル　という説もある

休日の五月一日　朝早く自転車を出して
近くの村を走り　電車に乗って少し遠くにも
マイバオムの写真を撮ってまわる
青と白の「菱の旗」はバイエルンの象徴だ
黄色く広がる菜の花畑は　視界の果てまで
その足でオフィスへ　今日もぼくは仕事だ

ひと仕事して　同僚たちと昼食に出る
街の一角には　青と白との菱形模様
「五月の木」の周りには大勢の人々
早速仲間に入れてもらって　まず無料のビール！
ソーセージ　ザワークラオト　そして塩パンを注文
楽しんだ後は　また仕事に戻る

モグラたたきのような「ノミつぶし」作業

今日もソフトウェア会社のミスで傷が深くなる
夜も遅い　この辺で打ち切り　また明日に
ドイツ人マネジャーが家まで送ってくれる
朝乗って出た自転車も一緒に積んで
五月祭の雰囲気は楽しかったが　仕事は重い

翌朝の南ドイツ新聞に　五月祭の記事
マイバオムのために木を切るのは
無駄で自然・環境破壊だ　と読者の投稿
支持する意見も次の日に載った
クリスマスツリーに使った木の再利用だ
保管して何年も繰り返し使っているとも

それに　みんなで　木の枝を取り
いろんな飾りを作って取り付け
綱引きのようにロープをひいて

20メートルもある大木を立てるのも
人びとが協力してやる喜びがある
良いことではないか

そう言えば日本にも
諏訪大社の　勇壮な木落し
御柱祭りがある

1．起源は不明、あるいは古代ローマ説もある。
2．マイバオム…五月の木

「ひなげし」連想

散歩をしていると　空き地にほのかな赤
緑の草むらに　ほんのりと立つひなげし
思わず足を止め　広がる連想…

『花の大歳時記』
二十九年前の敬老の日　母に贈った
当時母は　句会に参加していて
また　俳画の集まりにも出ていた
「虞美人草しきりに曲がりて明易し」[1]
聡明な虞姫の墓に咲いた赤い花

「アルジャントゥイユのヒナゲシ」
広い野原の　土手に

群れて朱色に咲き乱れる
斜面の上と下に二組の母子
愛する妻カミーユと息子のジャン
モネは　時の移動も描きとめたのだ

『マルセル・プルーストの植物図鑑』[2]
『失われた時を求めて』を彩っている花を
取り出して美しく描き構成されている
マルセル少年の散歩道に咲くひなげしは
鄙びた田舎の一軒家のよう　ここに一輪また一輪
燃え上がり香るサンザシの引き立て役だ

ひなげしは花言葉をいくつももっている
「心の平穏・休息」　疲れたあなたに
「別れの悲しみ」　再び会うことのない人に
「喜び」は赤い花　高揚する心に

「忘却」は白い花　どこへ消えて行ったのか
なぜか　誕生日の花としては　二月に

与謝野晶子も歌を詠んだ
「ああ皐月仏蘭西の野は火の色す
君も雛罌粟《コクリコ》われも雛罌粟《コクリコ》」
鉄幹と共に踏む　フランス・トゥールの地
燃える色して　野原を染める
五月の　喜びの　絶唱

1．前田普羅作…母にひなげしの句がなかったので
2．マルセル・プルースト 著／画家 マルト・スガン・フォント 編・画

ひめちゃんの詩

月がまあるくなって
明日は満月という朝・未明
大好きな母さんの温かいベッドで
猫のひめちゃんの鼓動が静かに止んだ
僅か12年の短いいのちだった

生駒の山麓公園の片隅で
やさしい母さんに見つけられた
ここで働いていた連れ合いが
子ねこを見かけて毎日餌をやり
この小さい命に心がとらえられた

家に来たときには先輩がいた

面長で精悍　敏捷な雄猫のシャ
ピアノの上から窓のカーテンレールに
飛び移ってそこを歩いたし
ドアはロックが甘いと頭突きで開けた

丸顔　おっとりのひめちゃんは
身体もまるまると育ち　娘から
デブゴンと呼ばれるようになった
戸や窓の開閉で　一瞬ひやっとしても
考えているようで　すぐには飛び出さなかった

連れ合いがおもてにいると
近所の幼い子どもたちが
おばちゃーん
ひめちゃん見せて　と
家の中に入ってきたね

4日ほど前から餌を食べなくなり
喉を通ったのは　水だけ
階段の昇り降りも
コトン・コトンと　ゆっくりゆっくり
膝に乗るのもソファに前足かけて　ヨイショ！

連休の朝　新聞をとり　雨戸を開けて
朝食の用意　食堂で待っていると
「ひめちゃんが死んだ！」と
眼を赤くした連れ合い
黙って背中を抱く

我が家の「精霊」

黒ネコのコータが　ちょこんと座っている
いつも　ふと気がつくと
音もなくそこにいて　じっとこちらを見ている
まるで精霊のように　これがひとだったら
バツの悪い思いをするだろうか

全身真っ黒のからだに　まん丸く光る眼
食堂に置いたキャットタワーの上から見下ろし
居間や廊下の床から見上げ
リビングボードの上から水平に目を合わせ
じいちゃん　何しているのって聞いている

『遠野物語』[1]の座敷童子[2]のようだ

コータは　暴れん坊　いたずら者だ
走り回って　いろんなものを　落とし壊す
ザシキワラシは男の子だったり
女の子だったりするが　悪さはしない

旧家に住みつく神[3]　その存在が「運」を開く
いじめたり追い出したりすると　その家は傾く
冬のある寒い日　コータが見えなくなった！
大変！　連れ合いと娘は必死に近所を探して歩いた
一日目…　二日目…　三日目…

お腹を空かして　凍え死ぬか
猫嫌いの人や　犬に　ひどい目に合っているかも
四日目　「ＷＡＮＴＥＤ」小さいポスターを貼りに
親しいひとから「猫見たよ！」その辺りを
呼んで歩き　やっと連れ合いの手に抱かれる！

昔ヨーロッパで　黒い猫は　魔女の使い
不吉と　時計塔の上から投げ殺されたり
ハロウィンのアメリカでも　虐待を受ける
アンヴィヴァレントで　身勝手な　人間の心
日本では福猫だよ　コータの眼がじっと見つめる

1.「遠野物語」…『柳田国男全集2』（筑摩書房　1997年）
2. 座敷童子…日本の各地の民話に伝えられているが、ここでは柳田国男の『遠野物語』による。
3.『遠野物語』第17段

ヂヂヂ　おいしい木の実だよ！

シジュウカラの子育てメスが　チリリリおなか空いた
ツピー　そばにいるよ　オスがえさをもってくる
ジャージャー　蛇だ！
ヒーヒー　タカだ！

ピーッピ　ヂヂヂ　警戒しながら集まれ
複数の単語で　文章にもなる
木の実を見つけたシジュウカラが呼ぶ
ヂヂヂ　集まれ！

コガラも　ゴジュウカラも　ヤマガラもやってくる
ヤマガラが呼ぶときは　ニーニーニーニー
ゴジュウカラは　フィッフィッフィッフィッ

コガラの呼び声は　ディーディーディー*

現役時代　貿易部門にいたとき　世界の市場の
アフターサービスの国際会議をした
シドニーでの　ディナークルーズ船で
食後のひととき　三々五々に集まっての歓談

ぼくは　ワイングラス片手に　みんなの席を回る
ブラジル　ポルトガル　スペイン　イタリアの代表
「みんな　何語で話しているの？」
「それぞれの国の言葉」　えっ？　それで通じるの？

「大体　なんとなく分かるんだね」
すごいものだねー
シジュウカラとコガラと
ヤマガラとゴジュウカラのようだ

＊鈴木俊貴博士（京都大学）の研究
「鳥類をモデルに解き明かす言語機能の適応変化」より
・ＮＨＫ ＢＳプレミアム「ワイルドライフ」２０２１・９・13
・ＮＨＫ「サイエンスＺＥＲＯ」２０２１・12・5

鉄道博士と恐竜マイスター

孫のTとKは　兄弟だ
小中一貫校に通っているから
同じ学校の　7年生と3年生だ
二人の仲はよく　兄は弟の面倒をよくみる

兄は　もの静かで
メガネをかけて　博士の風貌だ
弟は　やんちゃで
なかなかきかんぼう

兄のTは　鉄道大好き少年
関西の私鉄やJR・大阪環状線の
駅の名前はすべてスラスラ言えるし

車両もどの会社の何型と知っている

一度大阪の電車に乗りたいと
近鉄・富雄から天王寺へ　そして
大阪環状線　内回りで　大阪駅経由
JR奈良まで行った

駅ごとに流される
発車のメロディー
玉造「メリーさんの羊」
森ノ宮「森のくまさん」

みんな歌える　鉄道博士

弟のKは　恐竜大好きキッズ
誕生日のプレゼントは

恐竜の　おもちゃ・ぬいぐるみ
絵本を見ると　説明など読まなくても

これは　ステゴザウルス　植物食恐竜
弱そうだけど　しっぽのスパイクで反撃
こちらは　空飛ぶ　プテラノドン
翼を広げると　９メートルもあるんだ

これは　アルゼンチノサウルス　史上最大
アルゼンチンで見つかった　植物食恐竜
こっちのは　ティラノサウルスだよ
肉食　最強の　人気ＮＯ１

ぼくは　恐竜マイスター！

応援団長

孫Mの小学校生活最後の　運動会が終わった
全校生徒が　紅組と白組に分かれて競い
Mは紅組の応援団長　力いっぱい声をあげた
選手宣誓　をすると娘から聞いていたので
カメラじーじは　これまで以上に張り切って
敬老席と撮影コーナーを行き来した

Mは青いくつをはいている　それが目印
騎馬戦では　上に乗る
百米走は九番目の疾走　と聞いていた
組み体操のポジション　配置図も見ていたが
ズームが　子どもたちの動きに
ついていけなかった

昼食時　Mにデジカメを見せると　これは?
ぼくじゃない　ここにも写っていない…ゴメンね!
午後の応援合戦は　ばっちり撮ったぞ!
赤いマントに紅いマフラー　かっこいい!
白組のリーダーは　体格の良い女生徒だ
ガンバレーM!　フレーフレー!　涙が出てきた

ほとんどのレースで　白組が圧倒し
紅組は負けた　点数は大差だ
それでも　二位・準優勝ということで
Mも前に出て　トロフィーを受け取る
大きな拍手
胸を張って元の席に戻る

一緒に行った娘の一人が

こういうリーダーは
クラスの人気者がやるのね
と言っていた
この経験もＤＮＡに刻み込まれていく
Ｍは将来どんな人間に育って行くのだろう

運動会は終わった
Ｍにとっては　卒業まであと半年あるが
じーじとばーばは　この小学校とはお別れだ

「手紙を書く婦人と召使い*」に想う

主役の女性は手紙を書いている
うつむいていても　美しく上品だ　が
この絵画空間の中央に位置するのは
そばに立っている若いメイド
窓の方を向いているのは
手紙をのぞき込まないための気遣いか
それとも　窓の外に
「手紙を書く男」？

この乙女の頬を　画家が赤く染めたので
ぼくの記憶は時空を遡り
故郷の能登川　中学校の教室
窓際の席に飛んだ

校庭に集合する新入生たちが見える
すらっとした　ほほの赤い女生徒！
後で知ったニックネームのだるまさん
小学校からもって上がった　あだな

フェルメールは17世紀オランダの風俗を
裕福な市民・農民の家庭や
居酒屋などを描いたが
庶民＝下層階級　動物　子どもは描かなかった
と聞いて　ぼくのペンはフリーズしてしまった
そこへ届いた友人からのメールが解凍した
「…またこの鑑賞が　詩作品に
昇華されるのを心待ちにして」

光の画家と言われたフェルメール
２００年後のフランスのモネもそう言われる

屋外で　自然を描いたモネ
屋内の　人の生活を描いたフェルメール
目の前の　絵は
窓から差し込む光が
二人の女性を優しく包み
そして　静かに輝かせている

＊「フェルメール展」大阪市立美術館

ジゼル

師走の京都　Ｆバレエスタジオの発表会
前回は「眠れる森の美女」と
物語のある中での役割だったが
今回は　一人一人が　或いは　数人で
ロマンティック・バレエのテーマを踊った
友人の舞は「ジゼル」より　ジゼルのVa1

踊りの好きな村娘のジゼル
第一幕　ジゼルが躍動する
心臓が弱いので彼女の踊りは
母親が心配するほどだったが　いつも
笑顔を絶やさず　希望と喜びに満ちている
そこに　身分を隠して貴族のアルブレヒトが近づく

二人は心が通じ合うようになるが
アルブレヒトの正体が明らかになり
婚約者もいる　半狂乱になったジゼルは
母の腕に抱かれて息絶える
ジゼルは森のウィリ[2]になり　ウィリたちは
アルブレヒトを捉えて　力尽きるまで踊らせる

だがジゼルは　ウィリの女王ミルタに命乞いをし
アルブレヒトの命は助かり　やがて朝が来て
陽の光を浴びると　ジゼルは消えていく

友人Mのウィリは美しかった
意味をもって　のびやかに手・脚が動いて

1. Va（ヴァリアシオン）…主役級の人が一人で踊る・いわゆるソロ
2. ウィリ…婚約したが、結婚する前に亡くなった娘たちの妖精

ぼくのゆめ

ある日　ぼくは
地球を　指先で
はじけるほどの
超巨人になって

アインシュタイン・リングを
ブレスレットにした

言っとくけど
bracelets
では　ないからね

――アインシュタインの重力レンズ

ヒガンバナ

今春亡くなった母は　彼岸花が好きだった
自室の南側の掃き出し窓の下に　何株か
また庭の西側　柿の木の下にも植えていた
そこには白い花のもあった

八月半ば　世間的に言えば　初盆
妹夫婦たちや息子の家族・孫たちが
墓参りをしてきたと　家に立ち寄った
母の思い出話　旅行が好きだったね

「曼殊沙華」*GONSHAN GONSHAN*！
昔　混声合唱団で歌ったことを思い出す
若かったあの頃　憧れた　ごんしゃんは

今も　若々しく元気にしているだろうか！

manjusaka 天上に咲く花　そう言えば
モネの睡蓮の池にも　彼岸花ではないが
天国の花壇のイメージを
プルーストが美しく　文章で描いている

「彼岸花が咲く島」*に流れ着いた
記憶喪失の美しい少女は
〈ニライカナイ〉からやってきたのか
それは　〈島〉の一つの現実でもあった

どこから来たのか記憶の戻らないまま少女は
自分を助けた〈島〉の娘とともに
〈島〉の歴史を継ぐノロになった
赤い夕陽に映える彼岸花が　物語の終章を飾る

母はぼくと妹たちに　手作りの句集を遺した
その中に　彼岸花を詠んだ句はないが
「入彼岸ハングル文字の墓丸し」に
子どもの頃の朝鮮の友だちが目に浮かぶ

「人はその人の物語を生きている」
と言ったのは　柳田邦男だが
九月は　母の物語の月
誕生日・敬老の日　そして　お彼岸も

＊李琴峰　芥川賞受賞作品『彼岸花が咲く島』

さようなら　ガラパゴス！

4月の末　連れ合いとぼくに
新しく　スマホが来た！
娘が最初の設定をやってくれる
お試し…なかなか難しい！

「二つ折れケイタイをお持ちの方に」
PCをネットにつなぐ度に
現れた　このメッセージ
これでよいのだ　と思っていた　のに

周回遅れでもよい　なにせ
でんわとメールが簡単にできれば　上々
娘たちが　ファミリー加入の契約で

五十回目の　結婚記念日プレゼントに　と
……使ってみると
なるほど　便利だ！
さようなら　ガラパゴス！
机の引き出しに

詩

「詩」という題の詩を書いている
「『小説』という題の小説を書く」*ように
（フランシス・ポンジュの）
「『寓話』という寓話を読む」*と
ジャック・デリダが書いたように

メールに書いた　ぼくの言葉が
彼女の鏡を割ってしまった　と謝った
沈黙の6日間　……　のあと
感謝のメールが届いた

＊ジャック・デリダ著／藤本一勇訳『プシュケー　他なるものの発明Ⅰ』

三十日間世界一周

――ジュール・ヴェルヌを思いながら

「きみらこれ世界一周旅行やんか　わしが行きたいわ！」
上司の取締役業務本部長は　笑いながらハンコを押した
インターネット出現前　専用回線によるネットワーク計画
グループの本社と貿易部門との　合同プロジェクト
スタートして最重要の北米を　1～2月に済ませていた
2回目の今回は　東南アジア・大洋州・欧州だ

『八十日間世界一周』の　フィリアス・フォッグ氏は
2万ポンド賭けて　1872年10月2日ロンドンを発ち
船と鉄道　象や橇《ソリ》などにも乗って　北半球を東に旅した
我々の出張は　南半球のシドニーを含んで
地球を縦にも移動するため　9～10月を選んだ
南北移動の気温差と　航空機移動の時差の旅だ

出発！　大阪伊丹空港から
最初の目的地は香港
多くの日本企業が進出している
シベリア・ルートがまだ認められていなかった時代
欧州への南周りの拠点としても重要だった
高いビルの林立する　パイロット泣かせの啓徳空港

着いた日は　島内観光と水上レストランでの海鮮料理
翌朝チューブを通って　九龍地区にある会社へ
駐在責任者のＳ氏は温厚な人柄の経理マン
情報システムのマネジャーのトニーは
以前研修で来日したとき　ぼくの自宅へ
食事に招いたことのある知己の仲だ

三日目　フォッグ一行とは逆向きに　シンガポールへ

大ハプニングが待っていた　スーツケースが行方不明！
翌朝　シェーバーがないので　髭をのばしたまま出社[1]
ぼくが分担して持った資料の不足分を急ぎコピーしてもらう
午後　スーツケースなどが届いたと連絡が入る
あちこちにキズのついた荷物　一足先に世界一周してきたか

次のシドニー行きのフライトがとれていない　急拠一日早め
「島全体が美しい街路で仕切られた公園[2]」を後にする
土曜日の早朝に着く　駐在員には迷惑をかけた
週末　美しいシドニー湾　オペラハウスを見て回る
コアラパーク　足を延ばして　ブルーマウンテンにも
4泊したが会議は二日間で　次のロサンゼルスへ

ホノルルで乗換え便　ダブル・ブッキングで我々の席がない！
そんなバカな！　押し問答の末「ファースト・クラス」でと
即座にＯＫ　もちろんビジネスクラスの料金で

フォッグ一行はインド　鉄道の工事が途中未完成で立ち往生
召使「合鍵」[3]の機転で象にのって走ったが　それより快適だ
ぼくはロサンゼルスで　コロンビア・ローズのバーでカラオケに

そして　北米大陸[4]・大西洋横断　ドイツのミュンヘンへ
日曜の午後　マリア広場の旧市庁舎はからくり時計
丁度オクトーバーフェストの最中で　二日目の夕食に行き
大きなテントの中の大勢の人々の熱気と歌声に酔う
次のネルトリンゲンへは車　アオトバーンを２００㎞で走る
ここは古い城壁都市　「壁」の上の通路を歩いた　この後も車

ロマンティク街道　ドナウを渡り　ローテンブルクも見て
ヴュルツブルクからフランクフルトへは特急インターシティだ
会議後訪れたゲーテの家は　閉館５分前でだめ　ここは二泊で
ロンドン　ここ合弁会社のスマイス氏とは親しく空港へ出迎え
日曜日は市内観光　バッキンガム宮殿の衛兵交替が見られる

群がる人々　同行者と離れてぼくは見易い場所を探していた

イギリス人にしては小柄な老人が来て　いいところがあると言う
行くと100ポンド払え　NO！　相手は早口で捲し立てたが
結局1ポンドも払わず　彼は悪態をつきながら去って行った
北海に面した　ローストフトの工場へ　30人乗りのプロペラ機
フォッグ氏の召使が酔いつぶれ　横浜行きの船に乗り遅れたため[5]
香港から上海まで急いだ　20トンの小型スクーナーに乗る気分

さすが海沿いの街　シェフが見せてくれたロブスターが絶品
ロンドンへ戻り　駐在員の好む日本人経営の日本食店で食事
次の日　いよいよ日本へ　西に傾いた太陽を追いかけて飛ぶ
アンカレッジ　成田を経由　大阪・伊丹　良い旅行だった
『八十日間』のフォッグ氏は　召使のパスパルトゥー[6]と
二人で出たが　帰りは三人　「意味」＝幸せを掴んでいた

ジュール・ヴェルヌは終章で結んでいる
「人はたとえ意味がなくても
世界一周をするのではないだろうか」と
ぼくの出張の意味
女性の管理職（日本とは大違いだ！）を含む
多くの人との出会い

1. 以後シェーバーは書類カバンの中に入れる。
2. 『八十日間世界一周』
3. パスパルトゥーの渾名
4. ヴェルヌは大陸横断鉄道の工事が自然環境を守る形で行われたことを述べている。
5. スクーナー…2本以上のマストの縦帆式帆船
6. 美しいアウダ夫人の心

Ⅱ

まくらことば

「まくらことば」という言葉は
よく知られていますね　そう
夫婦がベッドで交わす　物語
「小さい鉢の花ばらが
あなたの愛のつゆ受けて…[1]」
広辞苑の　3番目の意味だ

先だって　東京の会社から電話
この前のパリの芸術祭良かったですね　と
営業の女性の明るい口調に乗せられて
延々としゃべること　一時間
大切な難しい本題はなかなか出てこず
前半は　ひとの心を導く　まくらことば

違うんじゃないの？
もっと単刀直入に
例えば　額田王が
　茜さす　紫野行き　標野行き
　野守は見ずや　君が袖振る　と
薬狩りで詠んだように[2]

ぬばたまの政権与党の政治家の
たくみな言葉の　誘導に
メディアも協力　国民は
眼をそらされて　米韓の
「空母徘徊　戦争ゲーム」
これを名付けて「挑発」と言う

その挑発に乗せられて動く　国のリーダーと

海の東の大国の　さえずり好きな統領[3]とに
「賢者の石」を贈ろうか！
現代の錬金術＝核とミサイル　ではなく
哲学者の石を　平和のことば
真理のまくらことばに代えて

1. 神長瞭月演歌「ばらの唄」
2. 額田王の時代、枕詞という言い方はまだなかった。
3. ２０１７年現在の米大統領

モーツァルト

ぼくはモーツァルトが大好きだ
毎日聴くカセットテープ・ＣＤの多くは
彼の没後２００年と
生誕２５０年に買った

いの一番　イ長調のクラリネット協奏曲
死去する数週間前に作られた
透明度の高い　心の洗われる曲
晴れた気持ちの良い日に聴く

同じく　イ長調のクラリネットでも
美しいがどんよりと重い　五重奏曲
光ではなく色が重なると暗くなるように

曇りの日　雨の日に　聴いている

歌劇　獣たちも心を和らげる「魔法の笛」
鳥追いのパパゲーノが好きだ
愛するパパゲーナも加わって　二重唱
じっと聴き入っていると涙が出てくる

セレナードにも　よい曲がたくさんある
中でも「グラン・パルチータ」は
ある音楽家が　天国的と話していたが
豊かに響く　音の織物

ディヴェルティメント「ポスト・ホルン」
高らかな角笛の　沸き立つような響き
ウィーンの街を駆けてくるのが
郵便馬車の絵とともに浮かんでくる

『星の王子さま』のサン・テグジュペリも
ロシアでモーツァルトの演奏会を聴いた
彼がこのことを書いたら
二百通もの手紙が届いた

罵詈　雑言　非難ごうごう
「ロシアで聴いた」
というのが悪かったのか
大戦中　パリから列車に乗ったとき

ポーランドに帰る大勢の
労働者の家族
親の腕に抱かれて眠る少年に　彼は
モーツァルトの姿を見ていた

モーツァルトⅡ

ピアノとヴァイオリンのためのソナタ
第34番　変ロ長調　Ｋ３７８
二人の演奏家が　等しく美しく織りなす糸が
二つの　波となって送り出されてくる
誰だ！「ヴァイオリン・ソナタ」
などと　まずい不公平な翻訳をしたのは！

ホルン協奏曲　ホルンの曲はみんな短い
演奏が困難だった　モーツァルトの時代のホルン
珠玉のような　Ｋ４４７の第2楽章と　Ｋ４１２
耳にやさしく　やわらかく
奈良公園の　鹿寄せの音が
ホルンに変わったのも頷ける

セレナード　ニ長調K２８６「ノットゥルノ」
「夜の音楽」と　モーツァルトは名づけた
ゆったりと　おだやかに
冬の長いザルツブルクの　貴族の館で
各部屋に配置された　四つのオーケストラが
心地よいアンサンブルを奏でる

亡くなる二ヵ月前　最後の協奏曲
クラリネット協奏曲　イ長調　K６２２
特に第二楽章の清澄さが心を洗う
自殺しようと思い詰めていた人が
この曲が他所の家の窓から聞こえてきて
自殺を思いとどまったという[1]

ロマン・ローランは伝記[2]に序文を寄せた

「モーツァルトこそ　音楽における
ラ・フォンテーヌである」と
そして　スタンダールは締めくくる
「感じやすい人々がこの世にある限り
決して消えることのない名声を得た[2]」

1．井上太郎 著『モーツァルトのいる部屋』（新潮社）
2．スタンダール 著／高橋英郎・冨永明夫 訳『モーツァルト』（東京創元社）

パノプティコン[1]

ぼくは大きな誤解をしていた
夏の暑さの残る2016年9月初め
連れ合い　子ども　孫と訪れた
近く閉鎖されることが公表され
これが最後の矯正展ということで
駐車場も門も　順を待つ人人人

パノプティコンが見られると
ぼくはひたすら思っていたのだが
この矯正展と所内見学の今回は
作業所や独房などいろいろ見たが
全―展望―監視　の半円形の空間は

開放されていなかったのだ[2]

ジェレミー・ベンサムが設計した
受刑者の人権を最大限に配慮し
監視員の数を最小限に抑える構造
これを　後に有名にしたのが
ミシェル・フーコーの『監獄の誕生』
従来の権力観を覆したと言われる二人

21世紀の今　これがまた
覆されようとしている
「監視カメラ」の登場だ
市民の幸福と権利の危機！
市民は自らの安心のため
すすんで設置を要望する

牢獄があるから罪人ができる　と
言ったのは　ヴィクトル・ユゴーだ
現代の思想を先取りしていた
ぼくたちの　都市空間は　今
無理やり入れられたのではない
巨大なパノプティコンになっている

1. 全望監視システム(施設)…「全体」を「見る」というギリシア語を語源とした合成語。
2. その後、2018年11月に再度機会があり、この時はこの構造がしっかり見られた。

スピノザとライプニッツの「対話*」

偉大な詩人だと　ハイネが太鼓判をおした
そのアルニムに　スピノザとライプニッツの
亡霊を呼び出してもらい　二人の対話を実現
テーマは「様相論」と「可能世界意味論」
今の世界の他に　どのような世界がありえたか

ライプニッツ…いろいろなことが可能です
矛盾を含まない世界ストーリーは
ひとつとは限りません　多くの可能性の中から
これが最善と　神が選んだものなのです
スピノザ…今あることはそれが必然なのです
事物が別様に実現されることはありえません

真理は必然的真理しかありえないのです

日本の封建制が倒れかけていた150年前
もしも　世界のトレンドの資本主義と
双輪を成した共和制に基づく民主主義を
薩摩の西郷どん推し進めて
勝利をおさめていたら！
このためにぼくは　ライプニッツに票をいれよう

＊「軸」133号特集「If　もしも…」に寄せた作品を修正。

サイコロ　3投

みんなで　サイコロ遊びをしよう
どうやって？　やり方を教えて！
19世紀　骰子を投げた詩人*に
聴きに行こうか　いや待てよ！

その200年前「賭けをしよう」と呼びかけた
パスカル先生の方が　いいかな
パスカル・コンピューターで賭けかい？
いや　彼はまじめに計算機を作ったし

賭けもまじめだ　彼は言う　きみには
失うかもしれないものが　　二つ　真理と幸福
賭けるものは　　　　　　　二つ　理性と意志

本性が避けようとするものは　二つ　誤りと悲惨

しかし「賭け」は偶然に左右されると
サイコロ詩人が言っている
サイコロ　1回でだめなら
3回ふれば　グウゼンに勝てるかも…

そうだなー　空から星が降ってきて
宇宙の　音楽が　聞こえてきて
夢のような気分になって「夢の州」に来て
みんなでサイコロふって　ルーレット回すか

＊ステファヌ・マラルメ
彼の詩『骰子一擲』を下敷きにしてこの詩を作った。

マスク連想

マスク…仮面・お面
能・狂言　仮面舞踏会
防毒　外科医・手術　防護用のマスク
養蜂家　溶接工　潜水夫の面
人の容貌…良いマスクをしたあの俳優
何かを覆い隠す　偽装　ごまかすもの

マスクは語られる　民俗学・人類学　心理学　哲学
マスクもファッション…NHKラジオ「心を読む」
「仮面は人間の内部世界を
宇宙規模の世界に結び付け
心の深部を明るみに出すことによる解放」そして
仮面を通して自己を捉える…「比較文化講義ノート」

素朴だが　造詣の多様さに　ピカソも衝撃を受けた
アフリカ・ドゴン族の仮面　壮大な宇宙創成神話
彼らの指さす青く輝くシリウスが　連星であったと
最も明るい星シギ　小さくて重い星ポ・トロ…
連想は「黒い皮膚・白い仮面」* に　差別は残り
コロナウイルス禍の今　格差はさらに拡大

＊フランツ・ファノン 著／海老原武・加藤晴久 訳
『黒い皮膚・白い仮面』（みすず書房）

コロナウイルスと「レ・ミゼラブル」

昔　ペストは伝染病　感染症　そして
パンデミックの代名詞の感があった
２０２０年の世界は
無数の手を出して握手してくる
７番目のコロナウイルス[1]に蔽われた

「ウイルス共生の歴史」などという
のんびりした新聞記事[2]もあったが
人間は自己を保存するのに必死で
「共生」などとお互いの合意を
暗示するような環境にはない

その中で　日本の感染者数はダントツに少ない

安心ではなかった　自宅療養　発症・重症化も
案の定　政権は臆面もなく方針を転換した
それは　日本の政策責任者が
「世界の非常識[3]」をやっていたからだ

イタリアやスペインなどの医療機関崩壊は
新自由主義右派政権の緊縮政策によると言われる
日本も　昨年の消費税増税で落ち込んだところを
新型コロナウィルスに襲われたのだが　政権は
この経済危機をコロナウイルスのせいにしている

アルベール・カミュの『ペスト』が
よく読まれるようになったそうだ
医師リウーの未知との戦いが始まったが
フランス政府による町の封鎖から
人びとの心に別の「未知」が生まれた

「ペストも怖いが　政治権力の方がもっと恐い[4]」
日本でも　コロナウイルスに乗じて
「憲法に緊急事態条項を」と
政権・与党が画策している
アマビエも厚労省のキャラに使われては迷惑だね

危機のときこそ　低い目線の知が活きる
低所得者の方が　重症化しやすく　死亡割合も高い
調査データが示す　格差
真実を示す言葉に耳を傾け
ビッグデータの操りに捉われないで

ヴィクトル・ユゴーの『レ・ミゼラブル』が
映画やテレビドラマになっている
「レ・ミゼラブル」が意味しているのは

① 貧しい人　哀れな人　みじめな人[5]
② 情けない　見下げた人間　ひどい奴[6]

発症している親元へ帰省して感染した息子を
非難するツイッターやメールの嵐
ある県で県外ナンバーの車を見ると避難轟轟
学校や職場で　感染者を差別する
② の情けない　心に闇を持つ人間の存在

これも　科学技術を偏重
文系（学部・大学院）を圧縮を
歴代保守政権がやってきた結果だ
政権は監視システムをも巧妙に操って
民主主義の根を腐らせようとしている

1. ＣＯＶＩＤ―１９：２０１９年に発生が確認された
2. 朝日新聞、２０２０年4月6日付
3. 森永卓郎氏、ＮＨＫラジオ「経済マイルズ」２０２０年4月13日
4. 仲正昌樹教授、朝日新聞、２０２０年4月2日付
5. パンなどを盗んだ時期のジャン・バルジャン、ファンティーヌ、テナルディ夫妻に預けられた時期のコゼット
6. テナルディ夫妻、パンなどを盗んだ時期のジャン・バルジャン、ある意味でジャヴェール警部も

旅への憧れ

——ボードレール「旅への誘《いざな》い」に想を得て

「ぼくの子　ぼくの妹よ
　想い浮かべてほしい　その心地よさ
　かの地へ行って　ともに生きることの[1]」と
愛する人に呼びかけている
一九世紀の詩人に倣って　ぼくも
「空想の旅[2]」に出てみよう

かの地は　うるわしの地
きみに似ているのだ
この厚い雲の裂け目の
青空から覗く　濡れた太陽は
ぼくの気質を魅する
涙の奥の深淵の　神秘的な瞳[1]

革命が街にシェフを生み出した国
世界初の百貨店の誕生　女性を主役にしたその戦略
ケルト…ガリアの生彩　雄鶏は
大聖堂の尖塔に戻るだろう　そして
言葉を大切にして　深く意味のある時を告げ
穏やかに一日が過ぎてゆくことだろう[3]

そこではすべてが静かだ　これは秩序?
ウイルスは　音もなく　姿も見えない
息をひそめて
「無言歌」をうたう
触れ合いを求めながら
触れ合いを恐れて

1. 《L' invitation au Voyage（旅への誘い）》/ Les Fleurs du Mal（悪の華）
Charles Baudelaire, 訳は筆者（第2連は翻案）
2. NHK「地球ラジオ」2020年6月放送
コロナウイルスの制約で考えられた企画（当初「妄想」）
3. ボードレール「旅への誘い」／『パリの憂愁』より翻案

パラダイムシフトでも弁証法的発展でもなく

「人類の歴史は全て
自由獲得への進歩の過程」
であった（へーゲル）はずだ　が
逆行する現象が起きている　ひとつは
新自由主義による　人権の縮小・後退
そして　もうひとつ
新型コロナウイルスを口実に
人と人とのあり方に変化を強制し
既にあった格差の深淵を拡大している
ウイルスは誰にもつくと言う
それはそうだが　これが
「新しい生活」への進歩だろうか？

眠れる森の美女　――Ｆバレエスタジオの発表会を観て

好天に恵まれた　２０２０年12月初旬の琵琶湖ホール
カフェから見渡す青空を　鳶がゆったりと輪を描く
　連れ合いと昼食を味わった後の　午後のひととき

オーロラ姫の誕生を祝う　盛大な洗礼式
王と王妃の　長く待ち望んだ子
国に住む妖精たち　７人のうち６人が
代母として招かれ　それぞれ贈り物をする
　一人は高齢で塔に閉じこもり　外出はしなかった
　このため消えたものと　招待されなかった

一番若い妖精は　世界一美しい人になること
二番目の妖精は　天使のような知性の持ち主に

次の妖精は　行いが全て驚くような優美さを
四人目の妖精は　とても上手に踊ることができる
その次は　ナイチンゲールのような美しい歌声を
六番目は　どんな楽器でも上手に弾くことができる

招かれていなかった年老いた妖精が現れ
驚く人々の前で　悔しさを表して言う
「王女は　糸紡ぎの針に刺されて死ぬだろう」
何かを感じてカーテンの陰に隠れていた
一番若い妖精がその魔法を解こうとして
死だけは解除できたが　百年間眠ることに

それから数百年　大陸の東の島国のお城では
ときの内閣総理大臣が　科学の分野の賢者である
日本学術会議新会員の候補の内
熱意と勇気のある６人の学者を　招かないと宣言

招かれなかった学者は　「民主主義の国」だから
報復の呪いをかけず　王様の招待を待っている

シャルル・ペローは　ヨーロッパの古い民話を集め
子どもたちに教訓となる童話を書いた
良いことは待っていても損をしないと
しかし王女は　百年待ったのではなく
眠ってしまい　百年経って目が覚めたとき
そこに王子が来ていたのだ

我々民主主義も　百年眠って待ちますか？

ノート・憲法

ここに一冊のノートがある
憲法についての詩を書く　ということで
本箱から引っ張り出してきた
専攻科目ではないが　1単位とったノート

1ページ目は　人権
はじめに　2行書かれている
「国家が国民の権利を侵害しないよう
　憲法で権力を制限して人権を守っていく」

人権は24ページまで　体系的にみると
1．平等権　2．自由権　3．社会権
4．受益権　5．参政権　そして

6．義務　も忘れてはいけない

25ページ目にやっとくるのが
権力分立…国会だ
国会は　国の会議場　ではない
国民＝人民の会議の場なのだ

外国の例では　人民議会
日本では「人民」は遠くなりにけり
カタカナ語の好きなマスメディアも権力も
「ピープル」という言葉は嫌いらしい

人権の次に国会が置かれているのは
民主主義を現実化する
最も大切な働きだからだ
それを国民は忘れている　そして

「この憲法が国民に保障する
自由及び権利は
国民の不断の努力によって
これを保持しなければならない」

日本国憲法　第12条

グレープフルーツとカレンダーと「辺土小国」

日本に住むフランス人が
ラジオの中でインタビューを受けていた
「日本語の勉強の中で何が一番難しかったか」
第一に　漢字
二番目は　カタカナ語
たとえば　「グレープフルーツ」と聞くと
まず英語の grapefruit を思い浮かべ
次に　英語からフランス語への変換
grapefruit ＝ pamplemousse
これを頭の中でさっとやらないといけない

そういえば　ぼくもドイツに駐在していたとき
ソフトウェア会社のマネジャーが

大きな年間の業務用カレンダーをもってきて
ぼくの執務室の壁に貼ってほしいと言う
見ると　1年365日が週ごとに区切られ
第1週　第2週　と番号がふられている
「次のシステム会議はいつにしよう」と聞くと
「第23週の火曜日はどうでしょうか？」
「えー　何月何日？」
メールソフトoutlookも曜日中心の表記だが

違い・ズレ…飛鳥・斑鳩の地からも
「日出ずる処の天子　書を
日没する処の天子に致す」
1400年前　聖徳太子が
隋の皇帝に出した書簡だ
華夷思想の大国に
倭の国がぶつけた国際認識

この壮大で意図的なズレ
煬帝は「蛮夷書無礼有り」と腹を立てたが
「辺土小国」が　対等の意志を見せたのだ*

現代日本の政府は　コロナウイルス禍でも右往左往
ＩＯＣの会長に「日本が輝くべき時」とおだてられ
感染拡大　史上最悪の汚濁東京五輪！
海外メディアも　メディアで働く通信員も
このような政府を選んでいる
日本国民を尊敬していない
柳田邦男氏にならって「後世に伝えよう」　そして
みなさん！　みんなで「パンケーキを毒見」しませんか

＊「聖徳太子信仰と前近代日本の国際認識」榊原小葉子教授

「失われた知性を求めて」

ぼくの大好きなマルセル・プルーストは
小説や評論の中で
動物を比喩的に登場させ
生半可な知性主義を批判した[1]

動物の「直感」「感覚」は　人間のように
知識や様々な思惑に邪魔されない
そのような場所を求めて
彼は知性のテーマに結び付けた[1]

この知性・悟性・理性に関して
350年前のフランスで　パスカルが
「神が存在するかしないか　賭けをしよう」

と　書いたことをぼくは想い起す

この問題は　理性では決定できない
人間は不確実なもうけのために
確実なものを賭けるのだ　そうだ！
賭けだ！　ＩＲ統合型リゾートの大先輩？

ひとには理性の入れない領域がある
理性がしっかり働いたあとは　心情の場
理性の排除と　理性しか認めないという
二つの行き過ぎも諌めた上で

今日の日本における　議会の政権与党に
２０１８年１月　中国で「誕生」させたと
報道された　サルのクローンを
テレビや新聞で　毎日見せつけられている

国立大学の文系学部の
縮小・廃止を推し進めてきた文部科学省
官僚も同根だ　いや彼らが先輩なのか
新聞記者も「反知性主義」と伝えている[2]

1．友人のフランス文学研究論文より
2．毎日新聞　２０１５年7月22日付

孫悟空

ひとと話をしていて
自分の妻のことを語るとき
ぼくは「連れ合い」と言っている

結婚してしばらく経ったころ
多くの先輩・同僚の言葉に違和感をもった
封建的・家父長的・女性差別的な
意味合いから自由で　民主主義の
未来に沿っている言葉を求めた

お金の要る話題になったとき
「我が家の財務大臣に…」と言う
本当は　彼女は総理大臣兼財務大臣で

ぼくは　詩や論文・エッセーを書く
文化庁長官兼共同総理

いや　そうではなく　妻はお釈迦さまで
その手の平の上を　ぼくはご機嫌よく
飛び回っている　孫悟空か

高エンゲル係数家庭　――S家夫婦の会話

妻　最近どこにも行けないネ！
　　楽しみは食べることだけ
　　エンゲル係数１００％よ！

夫　そうだねー　どこか行きたいな
　　美術館　コンサート…
　　花見　紅葉にドライブも

妻　友だちと食事会に行っても
　　結婚記念日・誕生日のディナーも
　　外食は食費の中に数えられるしネ

夫　ぼくが部屋で　カセットテープやＣＤで

音楽を聴いていても　昔のストックと録音で
ほとんど経費はかからないし

妻　コロナウィルスに加えて
私たちの　病院通いと体力低下で
いろんなことに　億劫になったし

夫　そうだ！　エンゲル係数１００％ではない！
ふたりの医療費　診察・治療・薬代
バス・電車代も確定申告に入れられるし

声　統計によれば　エンゲル係数は
収入の低い所帯は　高く　30％くらい
高収入・富裕層は　低く　20％台前半

我が家はなんと！　１００ ― 医療費 ＝

60%くらいにはなるだろうか?
ネットに節約の方法が載っている

(1) 買い物リストを作る
(2) 節約食材や旬の食材を利用する
(3) 作り置きを活用する

こんなささやかな方法で　係数が下がるの?
「ゼロ金利政策」で　物価を上げたい
政府と日銀が　　　笑っている

Ⅲ

詩人の詩

詩人は自然の使者
神々の通訳者であると
プラトンは言ったが
二十一世紀のぼくは
自然に心を向ける人間の中で
使者　通訳者　そして
遠くを見つめる者でありたい

＊ロートレック没後120周年記念、トゥールーズ、2021年

Ver du poète

Le poète, dit Platon,
Est L'envoyé de la nature
Et l'interprètes des divinités.
Ainsi moi, au 21e siècle, parmi les hommes
Qui veillent sur la nature,
J'aspirais à devenir traducteur, messager
Aussi celui qui vois l'éternité.

きみとぼくとのミラボー橋

アポリネールたちの思いは
ブーローニュの森の近くの
ミラボー橋の上で鐘の音に
流れゆくセーヌ川を見やる

きみとぼくの愛は変わらず
二人で組んだ腕の橋の下を
潜り通り過ぎていくものを
満ち足りた思いで見つめる

喜びと悲しみで糾われた糸
輝くばかりの布を織りなし
希望の大海原となっている

＊モネ生誕 180 周年記念、パリ、2020 年

LE PONT MIRABEAU A NOUS DOUX

Sur le pont Mirabeau, proche
Du Bois de Boulogne, et au son de cloche,
Le sentiment entre Apollinaire et son amie
Voyait la Seine courante.

L'amour entre nous deux ne change.
Et nous regardons les choses qui passent
Sous le pont de nos mains dans les mains
Avec l'émotion contente.

Les fils torsadés en le plaisir et la douleur
Se forment l'océan de l'espérance,
En tissant les étoffes éblouissantes.

21世紀の浮世《ふせい》を想う

科学は　地球上の遺伝子を征服して
宇宙を　何億光年も飛翔し
数光年の近場では　系外惑星に
生命の痕跡を　つかもうとしている

しかし　哲学と倫理は
地表を低く　彷徨しているままだ
もし　別の生命に巡り会ったら
あなたの星の哲学は？　と問われるだろう

＊葛飾北斎没後170年記念マリアージュ芸術祭、パリ、2019年

SONGER A CE MONDE AU 21e SIECLE

La science a connquis la gène sur la terre,
Vole dans l'espace a des millions d'années-lumière,
Et sur les planetes proches de quelques année,
Va saisir la trace de la vie.

Mais la philosophie et la morale
Sont laissées ci-bas, errant sur la surface du globe.
Et si l'on tombe sur une autre VIE qui nous demonde :
<Qu'en en est-il de la philosophie sur votre planète ?>

ひとに夢を与える

人の笑顔を中心に
撮り続けている
ある写真家がラジオで語っていた
「人に夢を与える写真を
撮っていきたい」と

そうだ　これだ！
ぼくの詩も　そうありたい
振り返ってみるに　ぼくの詩は
社会批評　政治批判を主に
リクツが多い

あの写真家が語った「夢」は
「希望」とも言えるが　少し違う
夢想や幻想であってはいけない
夢は希望を内包して　もっと広く
もっとやわらかなものだろう

そんな詩がぼくに作れるだろうか
でも「与える」というと
気持ちにおごりが生じないか
自ずから心の中に湧いてくる
他者の力　他力によるはからいが

＊パリ・ヌーヴォー・ジャポニスム芸術祭、2019年

DONNER LE REVE

Un photographe qui persiste
A chasser en particurier des visages souriants
Racontait un jour à la radio,
Je voudrais aller prendre des photos
Qui donneraient des rêves au monde.

Mais oui, c'est ça !
Pour mes poésies aussi, je désirais la même chose.
Mais en y réfléchissant,
Mes ouvrages tiennent surtout de la raison,
Des critiques de la politique et de la société.

Le rêve dont il parle est peut-être
L'espoir, tout en étant quelque peu différent,
Cela ne doit ni être de la songerie, ni de l'illusion,
Ce serait plus large et plus souple,
En connotant l'espérance et le souhait.

Puis-je composer tels poèmes, moi-même ?
Cependant, quand on dit donner
N'y a t-il point d'orgueil là-dedans ?
Comme un rêve surgissant dans notre âme,
Par *la volonté générale* ou le soin de l'autrui.

あとがき

わたしにとって3番目の詩集が出ます。第2の『歪んだ時計』（2017年1月）から、6年経ったことになります。この6年の間に、世界は新型コロナウィルス（COVID‐19）に蔽われ、多くの人が亡くなり、人と人とのコミュニケーションが遮られ、人間社会の在り方について考え直すきっかけにもなりました。また、我が家では、母が98歳6ヵ月の生涯を閉じ、連れ合いとぼくもともに病気で手術・入院生活を経験しました。

詩集の構成・スタイルについては、第1・2との統一性を重視しました。作品群を、パートⅠ（生き物、自然、日常生活、生き方、詩論）、Ⅱ（社会批評・風刺、政治批判）

に分けたことも基本的には同じですが、今回は、フランスの芸術祭に参加したフランス語、およびその日本語詩各4編をパートⅢとして載せました。
タイトルは、最近の先端科学のひとつ、遺伝子研究（短いが少し触れた作品もあり）から『遺伝子時計』と、時計シリーズを踏襲しました。

この詩集の企画・発行に温かい助言と提案をいただいた、竹林館の代表・左子真由美さんにお礼を申し上げます。そして、第3詩集への胎動の段階から、前へ進める気持ちにさせ、その環境とエネルギーの元となった連れ合いのよしみに深い感謝を捧げます。

2023年4月

斉藤 明典（さいとう あきのり）

名古屋市出身、奈良県在住。
小・中学生のころは詩（短歌・俳句を含め）を書いていたが、
その後は離れ、退職した日の翌朝、詩を創ろうと思い立つ。
現在、「関西詩人協会」「大阪詩人会議」に所属。

著書『逆巻き時計』〈現代日本詩人新書〉（近代文藝社）
　　『歪んだ時計』（竹林館）

詩集　遺伝子時計

2023年6月1日　第1刷発行
著　者　斉藤明典
発行人　左子真由美
発行所　㈱ 竹林館
〒530-0044 大阪市北区東天満2-9-4　千代田ビル東館7階FG
Tel　06-4801-6111　Fax　06-4801-6112
郵便振替　00980-9-44593
URL http://www.chikurinkan.co.jp
印刷・製本　モリモト印刷株式会社
〒162-0813 東京都新宿区東五軒町3-19

ISBN978-4-86000-496-5　C0092